Inhalt

Mein heißer Mitbewohne

... ER FAST IMMER SCHLÄFT!

VOR EINEM MONAT HABEN DIE RENOVIERUNGS- ARBEITEN IN UNSEREM STUDENTEN- WOHNHEIM BEGONNEN.

SEITDEM WOHNT ER BEI MIR IM ZIMMER.

DAS IST TAKUMI MORINAGA.

NÖ, ALLES OKAY.

KURZE ANT- WORT.

WEIL ER IMMER SO VIEL SCHLÄFT, HAB ICH IHN SOGAR SCHON GEFRAGT, OB ER KRANK IST.

ICH ...

... MAG ES EINFACH, ...

... ZU SCHLAFEN.

WO GEHST DU HIN?

DUSCHEN.

AH.

ER IST ROT GEWORDEN ...

ER MAG ES, ZU SCHLAFEN.

IRGEND-WIE ...

NEIN
...

VIEL-
LEICHT
...

WAS
WAR DENN
PLÖTZLICH
MIT IHM
LOS?

„LASS UNS
ZUSAMMEN
SCHLAFEN!"

... IST DAS NUR
SEINE ART,
FREUNDSCHAFT
ZU SCHLIESSEN
ODER SO?!

HACH
...

ICH
WEISS
JA AUCH,
...

... DASS
ES KEINEN
SINN HAT.

KLACK

KLACK

TAKUMI
HAT RECHT.

SO WAS
BLÖDES
...

KLACK

ICH BIN ZU
VERBISSEN.

KLACK

WAS FÜR 'NE DUMME FRAGE. IST DIR DAS SO UNANGENEHM?

UND DIR HAT NIE JEMAND DABEI GEHOLFEN?

WIE KONNTEST DU NUR SO GELASSEN GEGEN DIESES VIEH KÄMPFEN?

DAS WAR RICHTIG COOL!

AA

BAMM

ÄH?!

SO WIE HEUTE

NA JA ...

DIE ANDEREN LASSEN MICH IMMER KALTHERZIG SITZEN UND RENNEN WEG.

BIS JETZT MUSSTE ICH IRGENDWIE ALLEIN DAMIT FERTIGWERDEN.

ES WAR DAS ERSTE MAL, DASS MIR DAS JEMAND ABGENOMMEN HAT.

...

...

LIEGT'S AM ALKOHOL?

WAS TRINKEN WIR ALS NÄCHSTES?

ZUM ERSTEN MAL ...

... SPRICHT TAKUMI MIT MIR ...

... ÜBER SEINE GEFÜHLE.

...

WILL ER DOCH ALLEINE BLEIBEN?

NANU ...

EIGENTLICH HATTE ICH GEDACHT, WIR WÄREN INZWISCHEN GANZ GUT BEFREUNDET, UND HATTE MICH DARÜBER GEFREUT, ABER ...

ICH FRAGE MICH, OB MIT TAKUMI ...

... IRGEND-
WAS NICHT
STIMMT.

ACH
WAS!
KEIICHI?

HUUAH!
WIR HABEN
ECHT VIEL
GETRUNKEN!

UND TAKUMI?
MAN SIEHT EUCH DOCH SONST KAUM ZUSAMMEN.
MANCHMAL MACHEN WIR AUCH WAS GEMEINSAM.
WIR SIND SCHLIESSLICH ZIMMER-GENOSSEN!
ODER?
HM!
HÄ?
LÄUFT DA WAS ZWISCHEN EUCH?

HEUTE HA-
BEN TAKUMI
UND ICH DEN
GANZEN TAG
MITEINANDER
VERBRACHT.

DAS
MACHT
MICH
RICHTIG
GLÜCK-
LICH ...

... UND
AUCH EIN
BISSCHEN
VERLEGEN
...

WAS
FÜR EIN
EIGEN-
ARTIGES
GEFÜHL.

ENT-
SCHUL-
DIGE
...

HM?

WAR ER NUR NICHT RICHTIG WACH?

„ENT-SCHULDIGE"?

ODER ...

... HAT ER MICH MIT JEMANDEM VERWECH-SELT?

WARUM
...

BLUSH

BDUMM
BDUMM
BDUMM

WARUM HAT
ER MICH
GEKÜSST?

GERADE ...

TAKU...
...MI.

... ALS ICH DACHTE, DASS ES MIT IHM ALS MITBE-WOHNER BESSER LÄUFT ...

ICH DACHTE, ...

WAS GEHT BLOSS IN TAKUMI VOR?

... WIR WÄREN UNS END-LICH EIN BISSCHEN NÄHERGE-KOMMEN.

ES WAR MIR
NICHT UNAN-
GENEHM.

IM
GEGENTEIL ...
DAS GEFÜHL VON
TAKUMIS LIPPEN
...

ICH MUSS
STÄNDIG
DARAN
DENKEN.

... AUCH KAUM EIN WORT MIT MIR GESPROCHEN.

GENAU GENOMMEN ...

... HAT ER AM ANFANG, ALS ER BEI MIR EINGEZOGEN IST, ...

DAMALS WAR MIR DAS EGAL.

HEEEY, TRÄUMST DU?

ODER DENKST DU NACH?

ABER ...

... JETZT ...

... PASST VIELLEICHT NICHT ZU MIR, ABER ...

GRÜBELN ...

WIE LAUFEN DIE GESPRÄCHE BEI EUCH?

ÖHM ... ER SCHEINT EINFACH SEIN DING ZU MACHEN.

MAN WEISS ECHT NICHT, WAS MIT DEM ABGEHT ODER WAS ER DENKT.

...

„DANN ZIEHE ICH SO BALD WIE MÖGLICH AUS."

NA JA ... NORMAL?

VOLL FEHL AM PLATZ, DER TYP.

DER SCHEINT ECHT AN-STRENGEND ZU SEIN!

? IST FACH ANGE!

ER HATTE JA IMMER EIN EINZEL-ZIMMER.

... IST WAHR UND ...

ABER DASS ICH GERNE MIT IHM ZUSAMMEN BIN, ...

DASS SIE SCHLECHT ÜBER DICH GEREDET HABEN ...

IST MIR TOTAL EGAL.

DIR WÄRE ES DOCH AUCH LIEBER, WENN ICH NICHT DA WÄRE, ODER?

ABER SEIT KURZEM SAGST DU PLÖTZLICH SOLCHE SACHEN ...

ICH FINDE EIGENTLICH, DASS DAS ZUSAMMEN-LEBEN MIT DIR ENDLICH ETWAS ENTSPANNTER WURDE.

WARUM DENKST DU DAS?

ICH HAB DIR WAS WICHTIGES ZU SAGEN.

... ABER WENN WIR UNS SO VERKRAMPFT GEGENÜBER-SITZEN, ...

DAS MAG JA SEIN, ...

... WAR ES MIR ...

... ALSO UNANGENEHM ...

ÄHM, ...

... NICHT.

VERSTEHE ...

TAKUMI ...

... WAR DURCHEINANDER.

Mein heißer Mitbewohner

Akiho Kousaka

Mein heißer Mitbewohner
Akiho Kousaka

ZUCK

WARTE!

...!

H...

HEY!

DAS IST
JETZT
...

... EIN
BISSCHEN
...

WAS
IST DENN
LOS?

DU MEINTEST
DOCH, KÜSSEN
SEI FÜR DICH
IN ORDNUNG!

JETZT, ...

... DA ICH WEISS, DASS ER WAS VON MIR WILL, ...

AUCH DIE SACHE MIT DEM NÄHER-KOMMEN ...

DER VORTRAG MUSS HEUTE NOCH FERTIG WERDEN.

ICH KANN MICH NULL KONZEN-TRIEREN.

HAAAAAACH ...

... WEISS ICH EINFACH NICHT MEHR, ...

... WIE ICH MICH VER-HALTEN SOLL, ...

... WENN WIR IM SELBEN RAUM SIND!

SCHLÄFST DU IMMER NOCH NICHT?

NEE, ALLES GUT.

SORRY, IST DAS LICHT ZU HELL?

HM...

ICH MUSS DAS REFERAT NOCH FERTIG MACHEN!

WAS IST DENN MIT DEINEM REFERAT, TAKUMI?

ICH DACHTE, ER WÄRE EIN TOTALER FAULPELZ

ABER ER HAT VOM PROFESSOR NUR WEGEN DER ANWESENHEITS-PFLICHTIGEN FÄCHER ÄRGER BEKOMMEN!

Ach, deshalb!

ICH BIN FERTIG.

ICH MACH DIE VORTRÄGE, MIT DENEN ICH PUNKTE HOLEN KANN, IMMER ZUERST FERTIG.

ICH WAR GERADE ...

...

... WIE WEGGE-TRETEN.

UND DABEI HAB ICH VERGES-SEN, ...

HAAH

... WIE DÜNN DIE WÄNDE HIER IM WOHN-HEIM SIND!

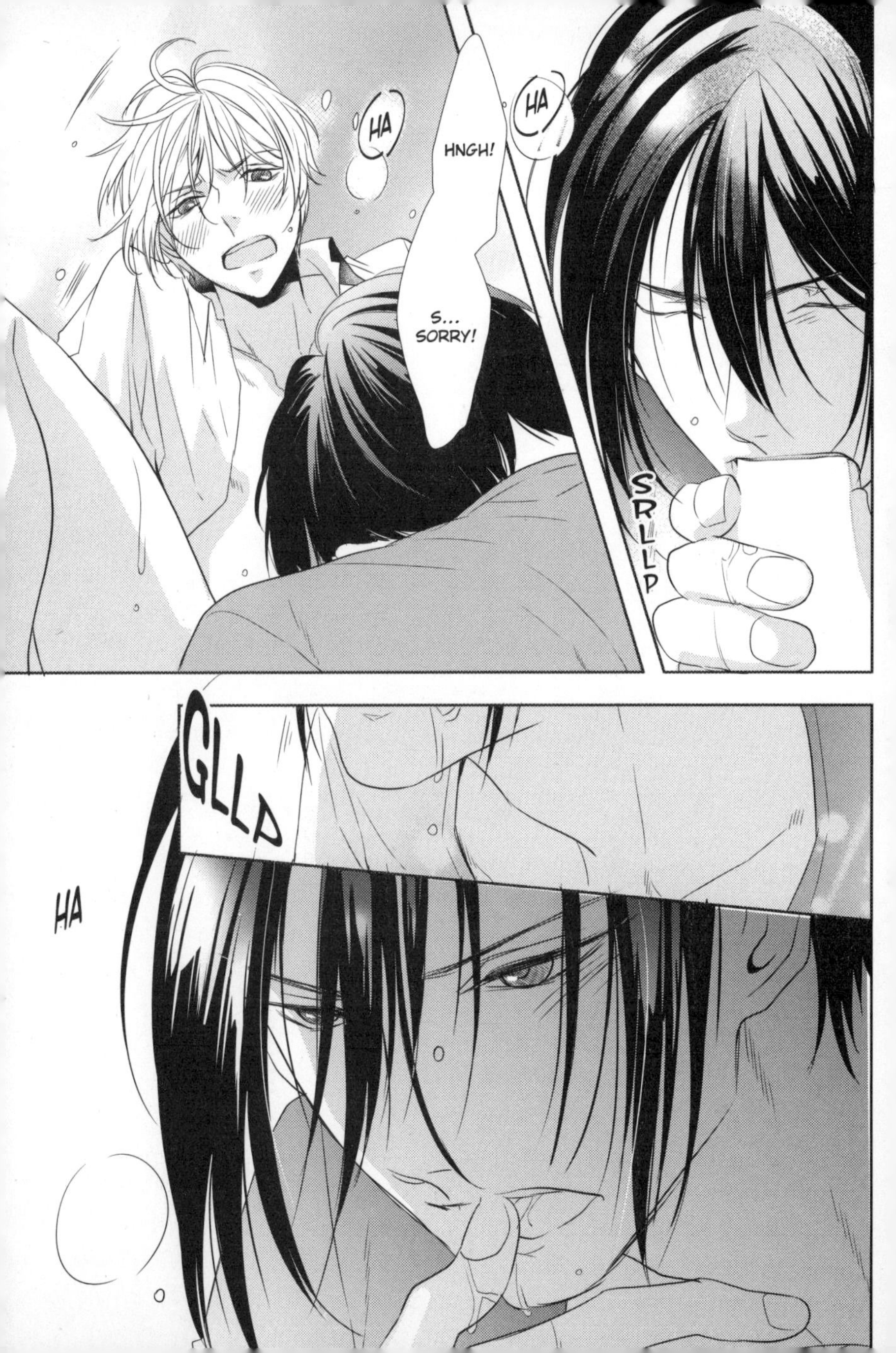
HA
SRLLP
HNGH!
HA
S... SORRY!
GLLP
HA

Mein heißer Mitbewohner
Akiho Kousaka

HIGUCHI HAT EINE FREUNDIN, ER KÖNNTE KLIPP UND KLAR NEIN SAGEN.

ABER ICH ...

WAS IST LOS?

IST WAS PASSIERT?

ICH WURDE ZU EINER SINGLE-PARTY EINGELADEN ...

... UND WEISS NICHT, WAS ICH TUN SOLL.

ÄHM ...

WORAN DENKST DU GERADE?

GAH?!

...

DAS WERD ICH BESTIMMT NICHT SAGEN.

„TOLL, GEH DOCH!", ODER WAS?

OH MIST, ER IST SAUER!

HM?

WAS ... WILLST DU JETZT VON MIR HÖREN?

SCHÖN, DASS DAS FÜR TAKUMI SO EINFACH IST.

BER WENN CH DARAN ENKE, WAS PASSIERT, ENN UNSEI BEZIEHUN ÖFFENTLI WIRD ..

S
N

CHI,
..

WENN TAKUMI ...

...

ZUSAMMEN MIT EINEM MÄDCHEN TRINKEN WÜRDE, ...

... WIE WÜRDEST DU ES FINDEN, WENN ICH ZU EINER SINGLE ARTY GEHE WÜRDE?

... WÜRDEN SIE SICH SICHER ...

... BLENDEND AMÜSIEREN.

DAS WILL ICH NICHT.

TAKU...
...MI.

WIR SIND
DOCH IN DER
ÖFFENTLICH-
KEIT!

NICHT
HIER
...

NHH
...

ICH WILL, DASS DU ...

... LIEGT IN MEINEM BETT ...

... UND SCHLÄFT.

WIRKLICH EIN ...

... IMMER AN MEINER SEITE BLEIBST.

.... MERK-WÜRDIGES GEFÜHL.

ER IST WUNDER-SCHÖN, WENN ER SCHLÄFT.

ENDE

Mein heißer Mitbewohner

Akiko Kousaka

FRAGERUNDE!

sorglos.

JEPP.

2. BIST DU EIN EINZELKIND?

Hat sich immer wie 3-4 Katzen angefühlt.

JEPP.

1. HAST DU EINE KATZE?

½

VIELEN LIEBEN DANK, DASS IHR DIESEN MANGA GEKAUFT HABT!

DER MANGA WURDE FÜR DIE VERÖFFENTLICHUNG ALS ONE SHOT NOCH MAL KOMPLETT ÜBERARBEITET.

DAS ZEICHNEN HAT MIR ECHT SPASS GEMACHT, AUCH WENN ICH NATÜRLICH ZIEMLICH AUFGEREGT WAR. IMMERHIN IST DAS MEIN ERSTER KOMPLETTER BAND.

WENN DIE GESCHICHTE KAPITELWEISE IN DEN MAGAZINEN ERSCHEINT, KANN ICH NACH JEDER AUSGABE DIE REAKTIONEN DER LESER SEHEN, ABER DIESMAL GING DAS NICHT. DOCH MEINE BERATER UND DIE REDAKTION HABEN MICH IMMER WIEDER ANGESPORNT.

ICH FREUE MICH SEHR, DASS DER MANGA TROTZ MEINER GANZEN SORGEN NUN ENDLICH ERSCHIENEN IST! ICH HOFFE, DASS ALLE, DIE IHN JETZT LESEN, WENIGSTENS EIN BISSCHEN SPASS DARAN HABEN ...

UND ICH FREUE MICH NATÜRLICH SEHR ÜBER FEEDBACK VON EUCH!

TWITTER: @KOUSAKAC
FEBRUAR 2018

AKIHO KOUSAKA

2. HAST DU GESCHWISTER?

Einen shiba!

MEINE ELTERN HABEN EINEN HUND!

1. HAST DU EIN HAUSTIER?

Ich bin der jüngste!

HÄTTE ICH NICHT GEDACHT!

JA, DREI GROSSE SCHWESTERN!

WARUM STEHEN WIR ZUSAMMEN IN EINER DUSCH-KABINE?!

ALS ER SAGTE, DASS WIR DUSCHEN GEHEN SOLLTEN, ...

SSSSHHH

... HATTE ICH IRGEND-WIE WAS ANDERES ERWARTET.

DABEI HABEN WIR ...

Mein heißer Mitbewohner

libre

MICCHAKU ROOMSHARE

MICCHAKU ROOMSHARE © Akiho Kousaka/ libre 2018
Original Cover Design : Miharu Takatsu(CoCo.DESIGN)

First published in Japan in 2018 by Libre Inc.,Tokyo.
German translation rights arranged with Libre Inc., Tokyo
through Tuttle-Mori Agency, Inc., Tokyo.

Deutschsprachige Ausgabe / German Edition
© 2021 VIZ Media Switzerland SA
CH-1007 Lausanne
4. Auflage

Verlegt unter dem Label KAZÉ MANGA
durch VIZ Media Switzerland SA

Aus dem Japanischen von Sascha Mandler

Redaktion: Juliane Günther
Produktion: Dorothea Styra
Lettering: Datagrafix Inc.
Druck und Bindung: GGP Media GmbH, Pößneck

ISBN: 978-2-88921-179-1

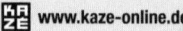